U0051689

簡單
詳細
有趣

越寫越讀越上手

韓語四十音習字帖

DT企劃／編著

笛藤出版

前言

近年來對韓語感興趣的讀者大幅增加，不管是音樂、戲劇、還是綜藝，現在每天打開電視、手機都能輕鬆得到許多韓語的相關資訊。然而韓語雖然看似簡單，誇張的表情和發音，讓許多人可以很快速地跟著說一些常常聽到的用語，但是韓語真正難的是它的文字唷！

韓文字是由母音子音組成，其中還有複合母音、雙子音等等，變化非常地多樣。因此許多初學者常常會一開始就被嚇到，還沒學完這些就開始退縮。但是只要一步一步來，照著本書的節奏一邊學一邊練習寫，搭配上基礎單字的補充，再邊聽老師的發音，相信你一定可以學會韓語的拼音字母，為你的韓語打下好基礎唷！

目次

一、　韓語的組成
二、　基本母音
三、　基本子音
四、　基本韓語發音表
五、　雙子音
六、　複合母音
七、　收尾音
八、　韓語發音總表
九、　單字練習
十、　人名猜猜看
十一、韓劇格言書寫練習

請掃描下方QRcode或輸入連結下載收聽！

https://bit.ly/korean40

◆韓文發聲：俞靖珠

● 韓文四十音對照表 ●

子音＼母音		ㅏ	ㅑ	ㅓ	ㅕ	ㅗ	ㅛ	ㅜ	ㅠ	ㅡ	ㅣ
		a	ya	eo	yeo	o	yo	u	yu	eu	i
ㄱ	k/g	가 ga	갸 gya	거 geo	겨 gyeo	고 go	교 gyo	구 gu	규 gyu	그 geu	기 gi
ㄴ	n	나 na	냐 nya	너 neo	녀 nyeo	노 no	뇨 nyo	누 nu	뉴 nyu	느 neu	니 ni
ㄷ	t/d	다 da	댜 dya	더 deo	뎌 dyeo	도 do	됴 dyo	두 du	듀 dyu	드 deu	디 di
ㄹ	r	라 ra	랴 rya	러 reo	려 ryeo	로 ro	료 ryo	루 ru	류 ryu	르 reu	리 ri
ㅁ	m	마 ma	먀 mya	머 meo	며 myeo	모 mo	묘 myo	무 mu	뮤 myu	므 meu	미 mi
ㅂ	p/b	바 ba	뱌 bya	버 beo	벼 byeo	보 bo	뵤 byo	부 bu	뷰 byu	브 beu	비 bi
ㅅ	s	사 sa	샤 sya	서 seo	셔 syeo	소 so	쇼 syo	수 su	슈 syu	스 seu	시 si
ㅇ	ϕ/ng	아 a	야 ya	어 eo	여 yeo	오 o	요 yo	우 u	유 yu	으 eu	이 i
ㅈ	j	자 ja	쟈 jya	저 jeo	져 jyeo	조 jo	죠 jyo	주 ju	쥬 jyu	즈 jeu	지 ji
ㅊ	ch	차 cha	챠 chya	처 cheo	쳐 chyeo	초 cho	쵸 chyo	추 chu	츄 chyu	츠 cheu	치 chi
ㅋ	k	카 ka	캬 kya	커 keo	켜 kyeo	코 ko	쿄 kyo	쿠 ku	큐 kyu	크 keu	키 ki
ㅌ	t	타 ta	탸 tya	터 teo	텨 tyeo	토 to	툐 tyo	투 tu	튜 tyu	트 teu	티 ti
ㅍ	p	파 pa	퍄 pya	퍼 peo	펴 pyeo	포 po	표 pyo	푸 pu	퓨 pyu	프 peu	피 pi
ㅎ	h	하 ha	햐 hya	허 heo	혀 hyeo	호 ho	효 hyo	후 hu	휴 hyu	흐 heu	히 hi

子音 \ 母音		ㅏ	ㅑ	ㅓ	ㅕ	ㅗ	ㅛ	ㅜ	ㅠ	ㅡ	ㅣ
		a	ya	eo	yeo	o	yo	u	yu	eu	i
ㄲ	kk	까 kka	꺄 kkya	꺼 kkeo	껴 kkyeo	꼬 kkeo	꾜 kkyo	꾸 kku	뀨 kkyu	끄 kkeo	끼 kki
ㄸ	tt	따 tta	땨 ttya	떠 tteo	뗘 ttyeo	또 tto	뚀 ttyo	뚜 ttu	뜌 ttyu	뜨 tteo	띠 tti
ㅃ	pp	빠 ppa	뺘 ppya	뻐 ppeo	뼈 ppye	뽀 ppo	뾰 ppyo	뿌 ppu	쀼 ppyu	쁘 ppeu	삐 ppi
ㅆ	ss	싸 ssa	쌰 ssya	써 sseo	쎠 ssyeo	쏘 sso	쑈 ssyo	쑤 ssu	쓔 ssyu	쓰 sseu	씨 ssi
ㅉ	jj	짜 jja	쨔 jjya	쩌 jjeo	쪄 jjyeo	쪼 jjo	쬬 jjyo	쭈 jju	쮸 jjyu	쯔 jjeu	찌 jji

子音 \ 複合母音	ㅐ	ㅒ	ㅔ	ㅖ	ㅘ	ㅙ	ㅚ	ㅞ	ㅝ	ㅟ	ㅢ
	ae	yae	e	ye	wa	wae	oe	we	wo	wi	ui
ㅇ	애 ae	얘 yae	에 e	예 ye	와 wa	왜 wae	외 oe	웨 we	워 wo	위 wi	의 ui

分類	收尾音							發音說明	
1	ㄱ	ㅋ	ㄲ	ㄳ	ㄺ			急促收尾	k
2	ㄴ	ㄵ	ㄶ					ㄢ收尾	n
3	ㄷ	ㅅ	ㅈ	ㅊ	ㅌ	ㅎ	ㅆ	急促收尾	t
4	ㄹ	ㄽ	ㄾ	ㅀ	ㄼ			捲舌的ㄦ	(r)l
5	ㅁ	ㄻ						閉口鼻音	m
6	ㅂ	ㅍ	ㅄ	ㄼ	ㄿ			急促閉口	p
7	ㅇ							ㄤ收尾	ng

1 韓語的組成

韓語屬於拼音文字，韓語字母稱為韓字（한글），子音和母音全部總共有四十個，取出兩個三個、最多四個皆可以組成一個韓文字，可以想像成是疊成方塊型的英文字母去理解。

例：ㄱ [g] + ㅏ [a] = 가 [ga]

ㅅ [s] + ㅜ [u] = 수 [su]

ㅈ [j] + ㅣ [i] + ㄴ [n] = 진 [jin]

韓文字是由子音和母音組合而成，主要可以分成「子音 + 母音」以及「子音 + 母音 + 子音」兩大類，而文字組成的方式由母音決定，分為「左右型」及「上下型」兩種。剛開始或許會很難記，但多寫幾次就可以記住囉！

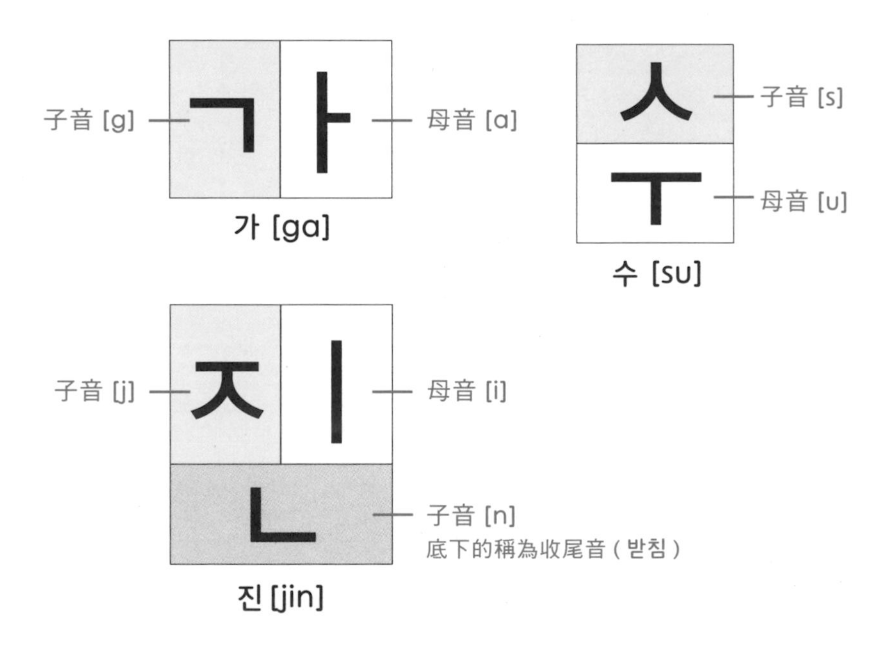

另外還有由「子音 + 母音 + 子音 + 子音」組成的韓文字，例如「닭」，底下的收尾子音有特殊的發音規則，接下來會再另行做介紹。

2 基本母音

母音總共有 21 個，首先介紹下列 10 個基本母音。先記好並熟悉這 10 個基本母音之後，就可以很快學會剩下的 11 個複合母音了。

♫ 01

母音	ㅏ	ㅑ	ㅓ	ㅕ	ㅗ
發音	a	ya	eo	yeo	o
母音	ㅛ	ㅜ	ㅠ	ㅡ	ㅣ
發音	yo	u	yu	eu	i

母音本身的發音可以單成一個韓語字，但是必須搭配上「ㅇ」才可以，此時的「ㅇ」不發音。此外母音的位置是固定的，要把「ㅇ」替換成其它子音時，必須要照下列的位置。

ㅇ	아	야	어	여	오	요	우	유	으	이
ㄱ	가	갸	거	겨	고	교	구	규	그	기

◈ 書寫練習：一邊唸一邊練習寫寫看吧！

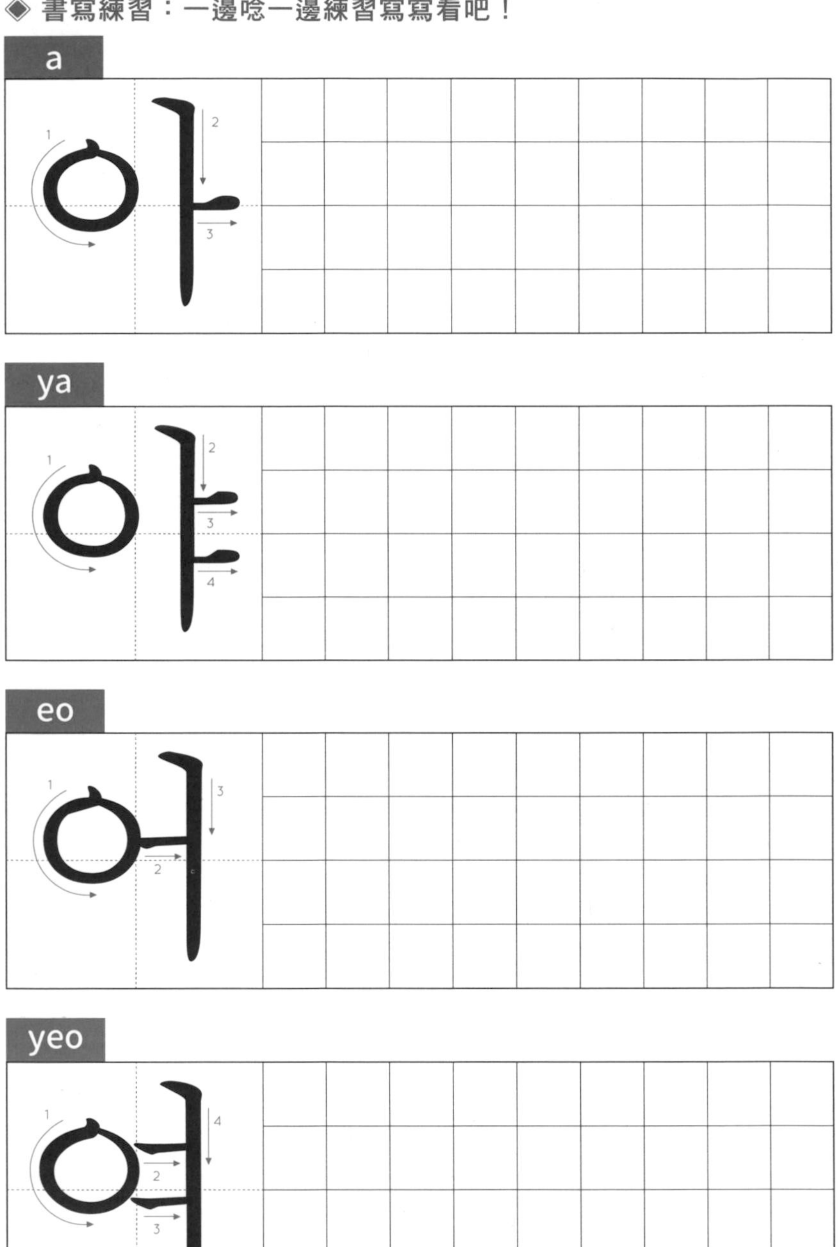

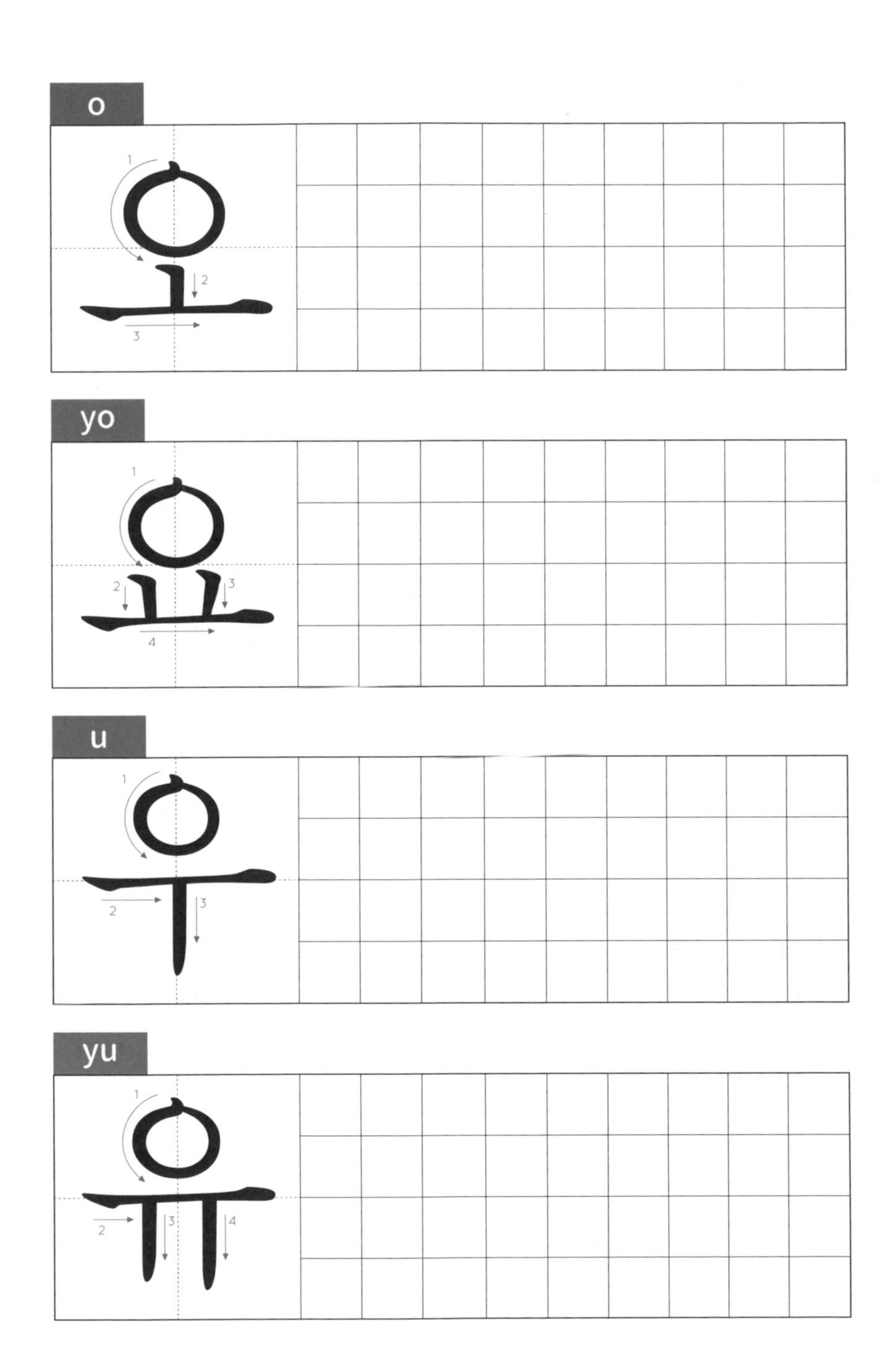
o
오
yo
요
u
우
yu
유

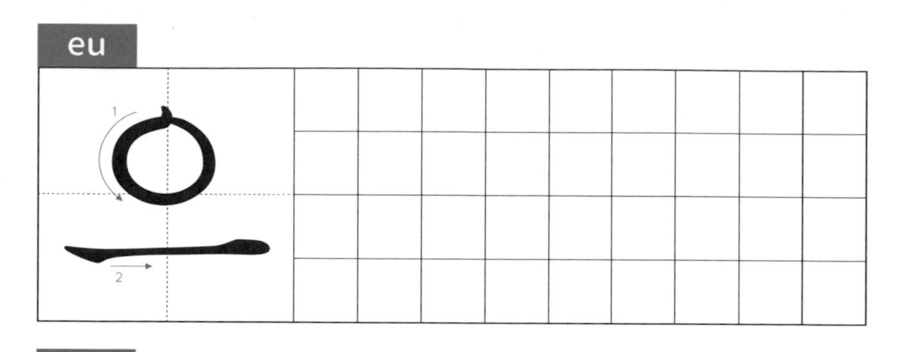

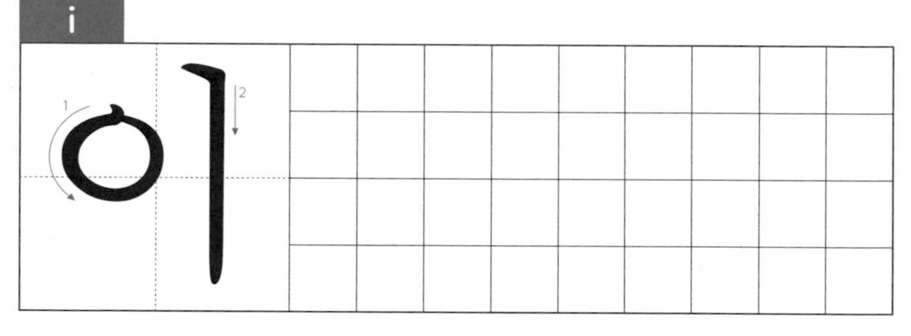

◈ 單字練習：一邊聽發音一邊練習寫！

02

單字	意思				
아이 [a.i]	小孩				
여유 [yeo.yu]	餘裕				
오이 [o.i]	小黃瓜				
우유 [u.yu]	牛奶				
이유 [i.yu]	理由				

3 基本子音

子音總共有 19 個，先記好並熟悉 14 個基本子音之後，就可以很快學會剩下的 5 個子音（雙子音）。

子音	ㄱ	ㄴ	ㄷ	ㄹ	ㅁ
發音	k/g	n	t/d	r	m
子音	ㅂ	ㅅ	ㅇ	ㅈ	ㅊ
發音	p/b	s	ϕ/ng	j	ch
子音	ㅋ	ㅌ	ㅍ	ㅎ	
發音	k	t	p	h	

◈ 書寫練習：一邊唸一邊練習寫寫看吧！

寫法	發音						
ㄱ	k/g						
ㄴ	n						
ㄷ	t/d						
ㄹ	r						
ㅁ	m						
ㅂ	p/b						
ㅅ	s						
ㅇ	φ/ng						
ㅈ	j						
ㅊ	ch						

寫法	發音						
ㅋ	k						
ㅌ	t						
ㅍ	p						
ㅎ	h						

子音搭配母音就可以組成一個完整的字，以下我們先搭配母音 (ɑ) 來做練習。
發音規則如下：ㄱ (g) + ㅏ (ɑ) = 가 (gɑ)

03

ㄱ [k/g]	가 [ga]							
ㄴ [n]	나 [na]							
ㄷ [t/d]	다 [da]							
ㄹ [r]	라 [ra]							
ㅁ [m]	마 [ma]							

ㅂ [p/b]	바 [ba]							
ㅅ [s]	사 [sa]							
ㅇ [ϕ/ng]	아 [a]							
ㅈ [ch/j]	자 [ja]							
ㅊ [ch]	차 [cha]							
ㅋ [k]	카 [ka]							
ㅌ [t]	타 [ta]							
ㅍ [p]	파 [pa]							
ㅎ [h]	하 [ha]							

4 基本韓語發音表

跟著 MP3 多唸幾次幫助記憶！

04

		ㅏ	ㅑ	ㅓ	ㅕ	ㅗ	ㅛ	ㅜ	ㅠ	ㅡ	ㅣ
		a	ya	eo	yeo	o	yo	u	yu	eu	i
ㄱ	k/g	가 ga	갸 gya	거 geo	겨 gyeo	고 go	교 gyo	구 gu	규 gyu	그 geu	기 gi
ㄴ	n	나 na	냐 nya	너 neo	녀 nyeo	노 no	뇨 nyo	누 nu	뉴 nyu	느 neu	니 ni
ㄷ	t/d	다 da	댜 dya	더 deo	뎌 dyeo	도 do	됴 dyo	두 du	듀 dyu	드 deu	디 di
ㄹ	r	라 ra	랴 rya	러 reo	려 ryeo	로 ro	료 ryo	루 ru	류 ryu	르 reu	리 ri
ㅁ	m	마 ma	먀 mya	머 meo	며 myeo	모 mo	묘 myo	무 mu	뮤 myu	므 meu	미 mi
ㅂ	p/b	바 ba	뱌 bya	버 beo	벼 byeo	보 bo	뵤 byo	부 bu	뷰 byu	브 beu	비 bi
ㅅ	s	사 sa	샤 sya	서 seo	셔 syeo	소 so	쇼 syo	수 su	슈 syu	스 seu	시 si
ㅇ	ф/ng	아 a	야 ya	어 eo	여 yeo	오 o	요 yo	우 u	유 yu	으 eu	이 i
ㅈ	j	자 ja	쟈 jya	저 jeo	져 jyeo	조 jo	죠 jyo	주 ju	쥬 jyu	즈 jeu	지 ji
ㅊ	ch	차 cha	챠 chya	처 cheo	쳐 chyeo	초 cho	쵸 chyo	추 chu	츄 chyu	츠 cheu	치 chi
ㅋ	k	카 ka	캬 kya	커 keo	켜 kyeo	코 ko	쿄 kyo	쿠 ku	큐 kyu	크 keu	키 ki
ㅌ	t	타 ta	탸 tya	터 teo	텨 tyeo	토 to	툐 tyo	투 tu	튜 tyu	트 teu	티 ti
ㅍ	p	파 pa	퍄 pya	퍼 peo	펴 pyeo	포 po	표 pyo	푸 pu	퓨 pyu	프 peu	피 pi
ㅎ	h	하 ha	햐 hya	허 heo	혀 hyeo	호 ho	효 hyo	후 hu	휴 hyu	흐 heu	히 hi

ㄱ [k/g]

寫法	發音						
가	ga						
갸	gya						
거	geo						
겨	gyeo						
고	go						

寫法	發音						
교	gyo						
구	gu						
규	gyu						
그	geu						
기	gi						

ㄴ [n]

寫法	發音						
나	na						
냐	nya						
너	neo						
녀	nyeo						
노	no						

寫法	發音						
뇨	nyo						
누	nu						
뉴	nyu						
느	neu						
니	ni						

ㄷ [t/d]

寫法	發音						
다	da						
댜	dya						
더	deo						
뎌	dyeo						
도	do						

寫法	發音						
됴	dyo						
두	du						
듀	dyu						
드	deu						
디	di						

ㄹ [r]

寫法	發音						
라	ra						
랴	rya						
러	reo						
려	ryeo						
로	ro						

寫法	發音						
료	ryo						
루	ru						
류	ryu						
르	reu						
리	ri						

ㅁ [m]

寫法	發音						
마	ma						
먀	mya						
머	meo						
며	myeo						
모	mo						

寫法	發音						
묘	myo						
무	mu						
뮤	myu						
므	meu						
미	mi						

ㅂ [p/b]

寫法	發音						
바	ba						
뱌	bya						
버	beo						
벼	byeo						
보	bo						

寫法	發音						
뵤	byo						
부	bu						
뷰	byu						
브	beu						
비	bi						

ㅅ [s]

寫法	發音						
사	sa						
샤	sya						
서	seo						
셔	syeo						
소	so						

寫法	發音						
쇼	syo						
수	su						
슈	syu						
스	seu						
시	si						

ㅇ [ɸ/ng]

寫法	發音						
아	a						
야	ya						
어	eo						
여	yeo						
오	o						

寫法	發音						
요	yo						
우	u						
유	yu						
으	eu						
이	i						

ㅈ [j]

寫法	發音						
자	ja						
쟈	jya						
저	jeo						
져	jyeo						
조	jo						

寫法	發音						
죠	jyo						
주	ju						
쥬	jyu						
즈	jeu						
지	ji						

ㅊ [ch]

寫法	發音						
차	cha						
챠	chya						
처	cheo						
쳐	chyeo						
초	cho						

寫法	發音						
쵸	chyo						
추	chu						
츄	chyu						
츠	cheu						
치	chi						

ㅋ [k]

寫法	發音						
카	ka						
캬	kya						
커	keo						
켜	kyeo						
코	ko						

寫法	發音						
쿄	kyo						
쿠	ku						
큐	kyu						
크	keu						
키	ki						

ㅌ [t]

寫法	發音						
타	ta						
탸	tya						
터	teo						
텨	tyeo						
토	to						

寫法	發音						
툐	tyo						
투	tu						
튜	tyu						
트	teu						
티	ti						

ㅍ [p]

寫法	發音						
파	pa						
퍄	pya						
퍼	peo						
펴	pyeo						
포	po						

寫法	發音						
표	pyo						
푸	pu						
퓨	pyu						
프	peu						
피	pi						

ㅎ [h]

寫法	發音						
하	ha						
햐	hya						
허	heo						
혀	hyeo						
호	ho						

寫法	發音						
효	hyo						
후	hu						
휴	hyu						
흐	heu						
히	hi						

◈ 單字練習：一邊聽發音一邊練習寫！

♫ 05

單字	意思				
가수 [ga.su]	歌手				
나라 [na.ra]	國家				
지하 [ji.ha]	地下				
비누 [bi.nu]	肥皂				
우리 [u.ri]	我們				
뉴스 [nyu.seu]	新聞 (news)				
모자 [mo.ja]	帽子				
교사 [gyo.sa]	老師				
야구 [ya.gu]	棒球				
무료 [mu.ryo]	免費				

5 雙子音

雙子音是從基本子音變化而來。

以第三章介紹過的五個子音「ㄱ ㄷ ㅂ ㅅ ㅈ」為基礎，加上重、短而有力發音後，變成「ㄲ ㄸ ㅃ ㅆ ㅉ」五個音，又稱為雙子音。

仔細聽 mp3，分辨發音的不同，並跟著唸唸看！

06

		雙子音	搭配「ㅏ」發音		
ㄱ [g]	ㅋ [k]	ㄲ [gg]	가 [ga]	카 [ka]	까 [gga]
ㄷ [d]	ㅌ [t]	ㄸ [dd]	다 [da]	타 [ta]	따 [dda]
ㅂ [b]	ㅍ [p]	ㅃ [bb]	바 [ba]	파 [pa]	빠 [bba]
ㅅ [s]		ㅆ [ss]	사 [sa]		싸 [ssa]
ㅇ [ф/ng]	ㅎ [h]		아 [a]	하 [ha]	
ㅈ [j]	ㅊ [ch]	ㅉ [jj]	자 [ja]	차 [cha]	짜 [jja]

◈ 雙子音書寫練習：一邊聽發音一邊練習寫！

[gg]

07

寫法	發音						
까	gga						
꺄	ggya						
꺼	ggeo						
껴	ggyeo						
꼬	ggo						

寫法	發音						
꾜	ggyo						
꾸	ggu						
뀨	ggyu						
끄	ggeu						
끼	ggi						

ㄸ [dd]

寫法	發音						
따	dda						
땨	ddya						
떠	ddeo						
뗘	ddyeo						
또	ddo						

寫法	發音						
뚀	ddyo						
뚜	ddu						
뜌	ddyu						
뜨	ddeu						
띠	ddi						

ㅃ [bb]

寫法	發音						
빠	bba						
뺘	bbya						
뻐	bbeo						
뼈	bbyeo						
뽀	bbo						

寫法	發音	
뾰	bbyo	
뿌	bbu	
쀼	bbyu	
쁘	bbeu	
삐	bbi	

寫法	發音						
싸	ssa						
쌰	ssya						
써	sseo						
쎠	ssyeo						
쏘	sso						

寫法	發音						
쑈	ssyo						
쑤	ssu						
쓔	ssyu						
쓰	sseu						
씨	ssi						

ㅉ [jj]

寫法	發音						
짜	jja						
쨔	jjya						
쩌	jjeo						
쪄	jjyeo						
쪼	jjo						

寫法	發音						
쬬	jjyo						
쭈	jju						
쮸	jjyu						
쯔	jjeu						
찌	jji						

◈ 單字練習：一邊聽發音一邊練習寫！

♫ 08

單字	意思				
아까 [a.gga]	剛才				
휴가 [hyu.ga]	休假				
커피 [keo.pi]	咖啡 (coffee)				
오빠 [o.bba]	哥哥				
치마 [chi.ma]	裙子				
티비 [ti.bi]	電視 (TV)				
싸다 [ssa.da]	便宜				
포도 [po.do]	葡萄				
뼈 [bbyeo]	骨頭				
허리 [heo.ri]	腰				
코끼리 [ko.ggi.ri]	大象				

6 複合母音

複合母音是由兩個母音合成的發音，寫法也同樣是合二為一，因此跟其它子音母音比起來，較複雜難記，但只要搭配單字就可以加深記憶囉！以下同樣搭配上不發音的子音「ㅇ」來解說。

	애	얘	에	예	와	왜	외	웨	워	위	의
組成	ㅏ+ㅣ	ㅑ+ㅣ	ㅓ+ㅣ	ㅕ+ㅣ	ㅗ+ㅏ	ㅗ+ㅐ	ㅗ+ㅣ	ㅜ+ㅔ	ㅜ+ㅓ	ㅜ+ㅣ	ㅡ+ㅣ
發音	ae	yae	e	ye	wa	wae	oe	we	wo	wi	ui

◈ 一邊唸一邊練習寫寫看吧！

♫ 09

寫法	發音						
애	ae						
얘	yae						
에	e						

寫法	發音						
예	ye						
와	wa						
왜	wae						
외	oe						
웨	we						
워	wo						

寫法	發音						
위	wi						
의	ui						

◈ 單字練習：一邊聽發音一邊練習寫！

♫ 10

單字	意思				
세계 [se.gye]	世界				
회사 [hoe.sa]	公司				
애교 [ae.gyo]	撒嬌				
샤워 [sya.wo]	淋浴 (shower)				

單字	意思				
돼지 [dwae.ji]	豬				
귀 [gwi]	耳朵				
가게 [ga.ge]	店				
사과 [sa.gwa]	蘋果				
스웨터 [seu.we.teo]	毛衣 (sweater)				
의자 [ui.ja]	椅子				
가위 [ga.wi]	剪刀				

* 關於의的發音：

11

의依位置和意思的不同，有三種不一樣的唸法。

1. 在開頭時讀做 [ui]
   例：의사 [ui.sa] （醫生）

2. 做為助詞「的」使用時讀做 [e]
   例：나의 [na.e] （我的）

3. 其它（置於語中）讀做 [i]
   例：회의 [hoe.i] （會議）

7 收尾音

當文字是由「子音 + 母音 + 子音」(例:살) 或「子音 + 母音 + 子音+子音」(例：많) 組成時，底下的子音統稱為收尾音 (받침)。

收尾音會有不同的發音，平常單獨在字裡出現時，不容易注意到它的差異，但是當它與後面的字產生連音後，會與原本的發音不同，並產生特定變化，需要特別注意。

發音上的些微差異不易發現，建議讀者多聽 MP3 練習唷！

分類	收尾音							發音說明	
1	ㄱ	ㅋ	ㄲ	ㄳ	ㄺ			急促收尾	k
2	ㄴ	ㄵ	ㄶ					ㄢ收尾	n
3	ㄷ	ㅅ	ㅈ	ㅊ	ㅌ	ㅎ	ㅆ	急促收尾	t
4	ㄹ	ㄽ	ㄾ	ㅀ	ㄼ			捲舌的儿	(r)l
5	ㅁ	ㄻ						閉口鼻音	m
6	ㅂ	ㅍ	ㅄ	ㄼ*	ㄿ			急促閉口	p
7	ㅇ							ㄤ收尾	ng

*「ㄼ」一般都是發左邊的音，只有在「밟다」(pap.ta 踩) 這個字的時候，是發右邊的音。

◈ 單字練習：一邊聽發音一邊練習寫！

♫ 12

單字	意思				
가족 [ga.jok]	家人				
한국 [han.guk]	韓國				
서울 [seo.ul]	首爾				
책 [chaek]	書				
일본 [il.bon]	日本				
집 [jip]	家				
마음 [ma.eum]	心				
끝 [ggeut]	結束				
숟가락 [sut.ga.rak]	湯匙				
젓가락 [jeot.ga.rak]	筷子				
빛 [bit]	光				
무릎 [mu.reup]	膝蓋				
초콜릿 [cho.kol.rit]	巧克力 (chocolate)				

雙收尾音的發音規則不固定，對初學讀者來說可能會比較難記。但建議大家不用太過擔心，或是去死記死背，只要日後碰到句子裡有雙收尾音的詞時，多加注意該單字與後面的連音即可幫助記憶！久了就可以記得囉！

單字	意思				
닭 [dak]	雞				
값 [gap]	價格				
잃다 [il.da]	遺失				
많다 [man.da]	很多				
앉다 [an.da]	坐				
삯 [sak]	租金				
젊다 [jeom.da]	年輕的				

8 韓語發音總表

練習寫完後，邊聽 MP3 發音，熟悉所有的母音及子音。

14

	ㅏ	ㅑ	ㅓ	ㅕ	ㅗ	ㅛ	ㅜ	ㅠ	ㅡ	ㅣ
ㄱ										
ㄴ										
ㄷ										
ㄹ										
ㅁ										
ㅂ										
ㅅ										
ㅇ										
ㅈ										
ㅊ										
ㅋ										
ㅌ										
ㅍ										
ㅎ										

	ㅐ	ㅒ	ㅔ	ㅖ	ㅘ	ㅙ	ㅚ	ㅞ	ㅝ	ㅟ	ㅢ
ㄱ											
ㄴ											
ㄷ											
ㄹ											
ㅁ											
ㅂ											
ㅅ											
ㅇ											
ㅈ											
ㅊ											
ㅋ											
ㅌ											
ㅍ											
ㅎ											

9 單字練習篇

1. 數字

15

韓語的數字分成漢字數詞（일、이、삼、사）和固有數詞（하나、둘、셋、넷）兩種，各有不同的使用方法以及注意事項。

<table>
<tr><td rowspan="13">漢字數詞</td><td>영</td><td>일</td><td>이</td><td>삼</td><td>사</td><td>오</td><td>육</td><td>칠</td><td>팔</td><td>구</td><td>십</td></tr>
<tr><td>0</td><td>1</td><td>2</td><td>3</td><td>4</td><td>5</td><td>6</td><td>7</td><td>8</td><td>9</td><td>10</td></tr>
<tr><td>백</td><td>천</td><td>만</td><td>억</td><td>조</td><td colspan="6" rowspan="2"></td></tr>
<tr><td>百</td><td>千</td><td>萬</td><td>億</td><td>兆</td></tr>
<tr><td colspan="11">主要用於順序，像是樓層（地址）、年、月、日、分、秒，以及人份、金錢、電話號碼等等單位。</td></tr>
<tr><td colspan="3">六樓</td><td colspan="4">육 층</td><td colspan="4">yuk.cheung</td></tr>
<tr><td colspan="3">兩年</td><td colspan="4">이 년</td><td colspan="4">i.nyeon</td></tr>
<tr><td colspan="3">四月</td><td colspan="4">사 월</td><td colspan="4">sa.wol</td></tr>
<tr><td colspan="3">22 日</td><td colspan="4">이십이 일</td><td colspan="4">i.si.pi.il</td></tr>
<tr><td colspan="3">五分</td><td colspan="4">오 분</td><td colspan="4">o.bun</td></tr>
<tr><td colspan="3">十秒</td><td colspan="4">십 초</td><td colspan="4">sip.cho</td></tr>
<tr><td colspan="3">三人份</td><td colspan="4">삼 인분</td><td colspan="4">sa.min.bun</td></tr>
<tr><td colspan="3">九萬元</td><td colspan="4">구 만원</td><td colspan="4">gu.ma.nwon</td></tr>
</table>

<table>
<tr><td rowspan="14">漢字數詞</td><td>공</td><td>하나
(한)</td><td>둘
(두)</td><td>셋
(세)</td><td>넷
(네)</td><td>다섯</td><td>여섯</td><td>일곱</td></tr>
<tr><td>0</td><td>1</td><td>2</td><td>3</td><td>4</td><td>5</td><td>6</td><td>7</td></tr>
<tr><td>여덟</td><td>아홉</td><td>열</td><td>스물
(스무)</td><td>서른</td><td>마흔</td><td>쉰</td><td>예순</td></tr>
<tr><td>8</td><td>9</td><td>10</td><td>20</td><td>30</td><td>40</td><td>50</td><td>60</td></tr>
<tr><td>일흔</td><td>여든</td><td>아흔</td><td></td><td></td><td></td><td></td><td></td></tr>
<tr><td>70</td><td>80</td><td>90</td><td></td><td></td><td></td><td></td><td></td></tr>
<tr><td colspan="8">主要用於歲數，以及單位，時、個、杯、隻、歲、名(人)、台等等。而其中하나、둘、셋、넷、스물後面接單位的時候會變成한、두、세、네、스무。</td></tr>
<tr><td colspan="2">二十五歲</td><td colspan="3">스물다섯 살</td><td colspan="3">seu.mul.ta.seol.sal</td></tr>
<tr><td colspan="2">九點</td><td colspan="3">아홉 시</td><td colspan="3">a.hop.si</td></tr>
<tr><td colspan="2">二個</td><td colspan="3">두 개</td><td colspan="3">tu.gae</td></tr>
<tr><td colspan="2">一杯</td><td colspan="3">한 잔</td><td colspan="3">han.jan</td></tr>
<tr><td colspan="2">四隻</td><td colspan="3">네 마리</td><td colspan="3">ne.ma.li</td></tr>
<tr><td colspan="2">三人</td><td colspan="3">세 명</td><td colspan="3">se.myeong</td></tr>
<tr><td colspan="2">三十台</td><td colspan="3">서른 대</td><td colspan="3">seo.leun.dae</td></tr>
</table>

兩種數字的用法有些複雜，但只要多練習幾次就會熟悉囉！以下有三種日常生活中最常用到的用法需要特別注意：

① 時間

只有表示「時」的時候是用固有數詞；表示「分」、「秒」都是用漢字數詞。

例：

一分十七秒（01:17） 일분 십칠초

二十五分四十秒（25:40） 이십오분 사십초

五點三十分三秒（05:30:03） 다섯시 삼십분 삼초

固有數詞

② 金錢

用漢字數詞

例：

五百二十一元（521） 오백 이십일 원
三千四百七十五元（3475） 삼천 사백 칠십오 원
六萬七千八百三十九元（67839） 육만 칠천 팔백 삼십구 원

③ 年月日

用漢字數詞

例：

5 月 15 日 오월 십오일
6 月 7 日 유월 칠일
10 月 30 日 시월 삼십일
12 月 22 日 십이월 이십이일

* 六月和十月和原本應該是寫做육월和십월，但由於和後面的월結合，產生韻尾脫落的現象，因此寫做「유월」和「시월」，使用上要多加注意。

column 一年四季都要過情人節，甜甜蜜蜜一整年！

韓國是個熱愛慶祝節日的民族，特別是有另一半的人們，每到了節慶總會精心準備後，再好好地慶祝一番。現在就來介紹一下各有主題的每月情人節！

1月14日	日記節 (Diary Day)	다이어리데이
2月14日	西洋情人節 (Valentine's Day)	발렌타인데이
3月14日	白色情人節 (White Day)	화이트데이
4月14日	黑色情人節 (Black Day)	블랙데이

* 單身的人會在這天穿著黑色衣服去吃黑色炸醬麵

5月14日	玫瑰花節 (Rose Day)	로즈데이
6月14日	親吻情人節 (Kiss Day)	키스데이
7月14日	銀色情人節 (Silver Day)	실버데이
8月14日	綠色情人節 (Green Day)	그린데이
9月14日	照片情人節 (Photo Day)	포토데이
10月14日	紅酒情人節 (Wine Day)	와인데이
11月14日	電影情人節 (Movie Day)	무비데이
12月14日	擁抱情人節 (Hug Day)	허그데이

2. 星期

16

單字	意思				
일요일 [i.ryo.il]	星期日				
월요일 [wo.ryo.il]	星期一				
화요일 [hwa.yo.il]	星期二				
수요일 [su.yo.il]	星期三				
목요일 [mo.gyo.il]	星期四				
금요일 [keu.myo.il]	星期五				
토요일 [to.yo.il]	星期六				

column 韓語日語一家親？

韓語和日語屬於同一個語系，因此兩者間的相似度非常高，不管是單字還是文法都有很多地方類似，甚至是一模一樣。因此學過日語的人再來學韓語，相對地會比其它人更快上手。像是星期幾的用法，韓語跟日語就是一樣的來源唷！

星期一　月曜日　월열일
星期二　火曜日　화열일
星期三　水曜日　수열일
星期四　木曜日　목열일
星期五　金曜日　금열일
星期六　土曜日　토열일
星期日　日曜日　일열일

3. 稱謂

♫ 17

單字	意思			
저 / 나 [jeo][na]	我			
아버지 [a.beo.ji]	爸爸			
어머니 [eo.meo.ni]	媽媽			
할아버지 [ha.ra.beo.ji]	爺爺			
할머니 [hal.meo.ni]	奶奶			
남동생 [nam.dong.saeng]	弟弟			
여동생 [yeo.dong.saeng]	妹妹			
오빠 / 형 [o.bba][hyeong]	哥哥			
언니 / 누나 [eon.ni][nu.na]	姊姊			
아들 [a.deul]	兒子			
딸 [ddal]	女兒			

＊關於稱謂：

저 [jeo] - 敬語（用在長輩、地位較高或者初次見面的人）
나 [na] - 平語（用在平輩、晚輩或者朋友之間）

1. 女生稱比自己年紀大的男生為 오빠 [o.bba]
   男生稱比自己年紀大的男生為 형 [hyeong]

2. 女生稱比自己年紀大的女生為 언니 [eon.ni]
   男生稱比自己年紀大的女生為 누나 [nu.na]

column 禮貌至上，嘴巴甜一點！

韓國是一個非常注重長幼秩序的國家，雖然看似古板又嚴格，但遵守這樣的規矩不但可以讓年長者好好擔任負責任的角色，當弟弟妹妹的也可以懂得要有禮貌，連帶地獲得哥哥姐姐們的照顧。因此不管是在職場、社會、還是學校裡，弟弟妹妹們只要有禮貌地喊聲哥哥或姐姐，通常對方都會很樂意幫助你唷！

在韓國常常可以聽見女生在美妝店裡叫店員「姐姐（언니）」，不管是要問商品位置、優惠活動、還是尋求幫忙，韓國人總是會稱呼對方為姐姐，表達禮貌之餘也能先拉近彼此的距離，再來麻煩對方。

而在可以打折的地方購物時，如果把握住機會開口說：「姐姐，可以算我便宜一點嗎？」店員姐姐（或是阿姨）要是心情好的話，搞不好就被你這聲姐姐給融化了呢！

언니 , 깎아주세요 . 姐姐，算我便宜一點。
eon.ni gga.ga.ju.se.yo

4. 生活單字

19

餐廳

單字	意思				
식당 [sik.dang]	餐廳				
아침 [a.chim]	早晨 / 早餐				
점심 [jeom.sim]	中午 / 午餐				
저녁 [jeo.nyeok]	傍晚 / 晚餐				
김치 [kim.chi]	泡菜				
불고기 [bul.go.gi]	烤肉				
비빔밥 [bi.bim.bap]	拌飯				
삼계탕 [sam.gye.tang]	蔘雞湯				
감자탕 [kam.ja.ttang]	馬鈴薯排骨湯				
찜닭 [jjim.dak]	燉雞				
냉면 [naeng.myeon]	冷麵				

咖啡廳

單字	意思				
파전 [ppa.jeon]	煎餅				
떡볶이 [ddeok.bbo.ggi]	辣炒年糕				
술 [sul]	酒				
맥주 [maek.ju]	啤酒				
막걸리 [mak.geol.ri]	瑪格利濁酒				
커피숍 [keo.pi.syop]	咖啡廳				
유자차 [yu.ja.cha]	柚子茶				
녹차 [nok.cha]	綠茶				
홍차 [hong.cha]	紅茶				
스무디 [seu.mu.di]	冰沙				
카페라떼 [kka.ppe.ra.dde]	拿鐵				
카푸치노 [kka.ppu.chi.no]	卡布奇諾				

單字	意思				
와플 [wa.ppeul]	鬆餅				
케이크 [kke.i.kkeu]	蛋糕				
화장실 [hwa.jang.sil]	化妝室				
바다 [pa.da]	海				
산 [san]	山				
봄 [pom]	春				
여름 [yeo.reum]	夏				
가을 [ka.eul]	秋				
겨울 [kyeo.ul]	冬				
역 [yeok]	車站				
입구 [ip.gu]	入口				
출구 [chul.gu]	出口				

單字	意思				
지하철 [ji.ha.cheol]	地下鐵				
안내소 [an.nae.so]	服務台				
버스 [beo.seu]	公車				
주차장 [ju.cha.jang]	停車場				
호텔 [ho.tel]	飯店				
유원지 [yu.won.ji]	遊樂園				
매점 [mae.jeom]	販賣部				
화장품 [hwa.jang.ppum]	化妝品				
BB 크림 [kkeu.rim]	BB 霜 (cream)				
선크림 [seon.kkeu.rim]	防曬乳 (sun cream)				
립스틱 [rip.seu.ttik]	口紅 (lipstick)				
마스카라 [ma.seu.kka.ra]	睫毛膏 (mascara)				

影視娛樂

單字	意思				
아이라인 [a.i.ra.in]	眼線筆 (eye liner)				
아이브로우 [a.i.beu.ro.u]	眉彩 (eye brow)				
립밤 [ri.bbam]	護唇膏 (lip balm)				
마스크 [ma.seu.kesu]	面膜 (mask)				
콘서트 [kkon.seo.tteu]	演唱會 (concert)				
뮤지컬 [mu.ji.kkeol]	音樂劇 (musical)				
입장권 [ip.jang.gwon]	入場券				
영화 [yeong.hwa]	電影				
공연 [kong.yeon]	表演				
앵콜 [aeng.kkol]	安可 (encore)				
팬미팅 [ppaen.mi.tting]	見面會 (fan meeting)				
사인회 [sa.in.hoe]	簽名會 (sign)				

● 身體部位

單字	意思				
기자회견 [ki.ja.hoe.gyeon]	記者會				
몸 [mom]	身體				
머리 [meo.ri]	頭				
얼굴 [eol.gul]	臉				
이마 [i.ma]	額頭				
눈 [nun]	眼睛				
코 [kko]	鼻子				
입 [ip]	嘴巴				
귀 [kwi]	耳朵				
목 [mok]	脖子				
어깨 [eo.ggae]	肩膀				
배 [pae]	肚子				

單字	意思				
손 [son]	手				
팔 [ppal]	手臂				
무릎 [mu.leup]	膝蓋				
발 [pal]	腳				
다리 [ta.ri]	腿				
검은색 [keo.meun.saek]	黑色				
흰색 [hin.saek]	白色				
빨간색 [bbal.gan.saek]	紅色				
파란색 [ppa.ran.saek]	藍色				
노란색 [no.ran.saek]	黃色				
보라색 [po.ra.saek]	紫色				
초록색 [cho.rok.saek]	綠色				

單字	意思				
분홍색 [pu.nong.saek]	粉紅色				

column 黑色？布萊克？外來語多多的韓文。

韓語中原本就有相當多的外來語，而隨著時代的改變，年輕人用語漸漸帶領主流，生活中的外來語比例也變得越來越多。其中顏色方面是最淺而易見的，大多數的顏色在韓語中都可以用英文來直譯，尤其是使用在網拍或是美妝產品的時候，幾乎全部都是使用外來語來表示唷！

像是黑色（검은색）也可以稱做블랙 (black)、白色（흰색）稱做화이트 (white) 等等，底下就來介紹常見的外來語顏色。

브라운 (brown) [beu.ra.un]	咖啡色	머스타드 (mustard) [meo.seu.ta.teu]	芥末
아이보리 (ivory) [a.i.bo.ri]	象牙白	민트 (mint) [min.teu]	薄荷色
레드 (red) [rae.deu]	紅色	네이비 (navy) [nae.i.bi]	海軍藍
카멜 (camel) [ka.mael]	駝色	와인 (wine) [wa.in]	酒紅色
핑크 (pink) [ping.keu]	粉紅色	스카이블루 (sky blue) [seu.ka.i.beul.ru]	天空藍

5. 基本生活用語

21

● 打招呼用語

你好。		
안녕하세요 . an.nyeong.ha.se.yo		
初次見面。		
처음 뵙겠습니다 . cheo.eum.pep.ge. seum.ni.da		
很高興見到你。		
만나서 반갑습니다 . man.na.seo.ban.gap.seum. ni.da		
請多多關照。		
잘 부탁하겠습니다 . jal.bu.ta.ka.ge.seum.ni.da		
好久不見。		
오랜만이에요 . o.raen.ma.ni.e.yo		
過得好嗎？		
잘 지냈어요 ? jal.ji.nae.seo.yo		
再見。		
안녕히 계세요 . an.nyeong.hi.kye.se.yo		

再見（路上小心）。		
안녕히 가세요 . an.nyeong.hi.ka.se.yo		
謝謝。		
감사합니다 . kam.sa.ham.ni.da		
對不起。		
죄송합니다 . joe.song.ham.ni.da		
沒關係。		
괜찮아요 . gwen.cha.na.yo		
不好意思。（打擾別人時）		
실례합니다 . sil.re.ham.ni.da		
我要開動了。		
잘 먹겠습니다 . jal.meok.get.seum.ni.da		
好吃。		
맛있어요 . ma.si.seo.yo		

難吃。		
맛없어요 . ma.op.seo.yo		
請幫我結帳。		
계산해 주세요 . gye.sa.nae.ju.se.yo		
我吃飽了。		
잘 먹었습니다 . jal.meok.geot.seum.ni.da		
辛苦了。		
수고했어요 .. su.go.he.sseo.yo		
早安。		
좋은 아침 . jot.eun.a.chim		
晚安。		
잘 자요 . jal.ja.yo		
慢走。		
잘 가요 . jal.ga.yo		

節慶祝賀用語

明天見。		
내일 만나요 . nae.il.man.na.yo		
我愛你。		
사랑해요 . sa.rang.hae.yo		
喜歡。		
좋아해요 . jo.a.hae.yo		
生日快樂。		
생일 축하해요 . saeng.il.chu.ka.hae.yo		
新年快樂。		
새해 복 많이 받으세요. sae.hae.bok.ma.ni.pa.deu.se.yo		

column 用韓語說再見 

韓語中再見有兩種不同的說法，使用時機的區別須要多加注意。當你要起身離開、而其他人留下時，你要對他們說「안녕히 계세요」；而留下的人要對你說「안녕히 가세요」。如果是聚會結束，雙方都要離開的話，則是互相說「안녕히 가세요」。當然如果是很好的朋友，只要說聲「안녕」就可以囉！

안녕히 계세요.（再見。） → 起身離開的人說
an.nyeong.hi.kye.se.yo

안녕히 가세요.（再見　。） → 留下的人說
an.nyeong.hi.ka.se.yo

안녕.（再見。） → 好朋友之間親近的說法
an.nyeong

10 人名猜猜看

看韓劇或綜藝節目的時候，有沒有常常聽到他們叫彼此的名字呢？多注意這些名字搭配上字型，可以幫助讀者快速記起所有韓文字，對初學者來說既有趣又實用唷！

1. 韓國常見姓氏

23

김 [kim] 金	최 [choe] 崔	박 [pak] 朴	권 [kwon] 權
배 [pae] 裴	한 [han] 韓	이 [i] 李	정 [jeong] 鄭
윤 [yun] 尹	장 [jang] 張	유 [yu] 柳／劉	고 [go] 高
강 [kang] 姜	오 [o] 吳	송 [song] 宋	황 [hwang] 黃
남 [nam] 南	신 [sin] 申		

2. 聽 MP3 發音，猜猜看這些名字的韓文怎麼寫！

24

宋仲基	朴寶劍	鄭允浩	崔智友	權志龍
李在真	韓佳人	金秀賢	姜棟元	高俊熙
吳海英	劉在錫	裴柱現	尹斗俊	申敏兒

● 解答：

송준기
[song.jun.gi]
宋仲基

박보검
[pak.bo.geom]
朴寶劍

정윤호
[jeong.yun.ho]
鄭允浩

최지우
[choe.ji.u]
崔智友

권지용
[kwon.ji.yong]
權志龍

이재진
[i.jae.jin]
李在真

한가인
[han.ga.in]
韓佳人

김수현
[kim.su.hyeon]
金秀賢

강동원
[kang.dong.won]
姜棟元

고준희
[go.jun.hi]
高俊熙

오해영
[o.hae.yeong]
吳海英

유재석
[yu.jae.seok]
劉在錫

배주현
[pae.ju.hyeon]
裴柱現

윤두준
[yun.du.jun]
尹斗俊

신민아
[sin.min.a]
申敏兒

column 韓國為什麼這麼多人姓金？

在韓國人名之中，最常見的姓氏就是「金」、「李」、「朴」這三個。這三個姓氏的人口加起來佔了約總人口的一半，而其中「金」、「李」更是佔了全國五千萬多人中的 36%。因此有一個說法是：如果你從首爾的南山上往下扔一塊石頭，被砸到的人不是姓金就是姓李。但是為什麼韓國人的姓氏會如此集中呢？

在韓國古代，只有皇族和貴族才能擁有姓氏，一般平民百姓都只有名字而已，沒有自己的姓氏。後來到了十八十九世紀，朝鮮才開始允許大眾擁有姓氏，而「金」、「李」因為是古代朝鮮皇族使用的姓氏，因此許多人選擇為自己冠上這兩個尊貴的姓，沾沾皇室的光。

韓國常見姓氏比率表

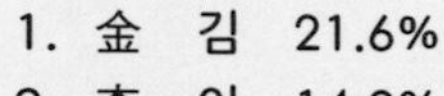

1. 金 김 21.6%
2. 李 이 14.8%
3. 朴 박 8.5%
4. 崔 최 4.7%
5. 鄭 정 4.4%

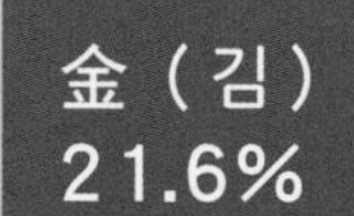

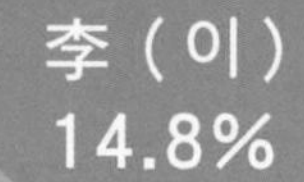

11 韓劇格言書寫練習

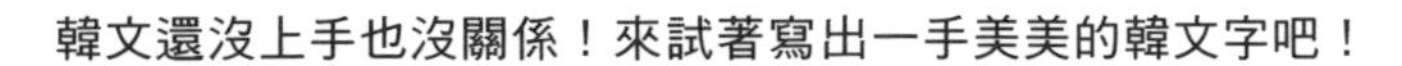
韓文還沒上手也沒關係！來試著寫出一手美美的韓文字吧！

원래 연애라는 게 내가 해도 되는걸 굳이 상대방이 해주는 겁니다.

——태양의 후예

戀愛本來就是對方非要幫你做你自己也能做的事。

——太陽的後裔

죽음이 있어 삶이 찬란하다.

——쓸쓸하고 찬란한神 도깨비

因為有死亡的存在，生命才顯得燦爛。

——孤單又燦爛的神 鬼怪

니가 남자건 외계인이건 이제 상관 안 해!

——커피프린스 1호점

不管你是男人還是外星人，我都不在乎了！

——咖啡王子一號店

그냥 다 처음 살아본 인생이라서 서툰 건데, 그래서 안쓰러운 건데, 그래서 실수 좀 해도 되는 건데.

——괜찮아, 사랑이야

因為我們都是第一次過人生，所以會有些生疏、有些過意不去，所以犯了點錯也沒關係的。

——沒關係，是愛情啊

복잡하고 혼란스러운 삶 속에서, 자신의 일을 풀어가는 도중에 불현듯 '지금 뭐하고 있을까?' 라고 생각하며 나 이외에 가장 우선적으로 누군가를 떠올리는 것. 그것만으로도 충분한 사랑이 될 수 있다.

——김비서가 왜 그럴까

在複雜而混亂的人生中忙著自己的事情時，突然想起「不知道他現在在做什麼？」像這樣除了自己之外，最先想起某個人，光這點就足以稱為是愛情了。

——金秘書為何那樣

끝날 때까지 아직 끝난 게 아니다.
하지만 끝이 없는 게임이라면 스스로 끝을 결정해야만 한다.

——응답하라 1994

在結束之前，都還沒有真正結束。

但如果這是一場沒有盡頭的比賽，我就必須要自己決定什麼時候結束。

——請回答 1994

column 今天是我們的第一天！

看韓劇或韓國電影的時候，是否常常聽到這句經典台詞呢？韓國情侶非常重視交往的第 100 天、200 天、300 天等等，一定都會特地數日子，然後相約好一起慶祝。所以第一天當然很重要囉！可不能含糊帶過！一定要在好好告白、互表心意之後說句「우리 오늘부터 1 일이다.（今天是我們交往的第一天）」，表示對彼此交往的重視。

우리 오늘부터 1 일이다.　今天是我們交往的第一天

u.ri.o.neul.bu.teo.i.li.ri.da

MEMO

韓語四十音習字帖

越寫越讀越上手

附 韓語發音 QR Code 音檔

越寫越讀越上手!韓語四十音習字帖/ DT企劃編著
-- 二版. -- 臺北市 :笛藤, 2022.03
面； 公分

ISBN 978-957-710-848-7(平裝)
1.CST:韓語 2.CST:發音

803.24 111002987

2024年5月10日 二版第4刷 定價140元

編著	DT企劃
編輯	葉雯婷、江品萱
編輯協力	王韻亭
美術編輯	王舒玗
總編輯	洪季楨
編輯企劃	笛藤出版
發行所	八方出版股份有限公司
發行人	林建仲
地址	台北市中山區長安東路二段171號3樓3室
電話	(02) 2777-3682
傳真	(02) 2777-3672
總經銷	聯合發行股份有限公司
地址	新北市新店區寶橋路235巷6弄6號2樓
電話	(02)2917-8022·(02)2917-8042
製版廠	造極彩色印刷製版股份有限公司
地址	新北市中和區中山路二段380巷7號1樓
電話	(02)2240-0333·(02)2248-3904
印刷廠	皇甫彩藝印刷股份有限公司
地址	新北市中和區中正路988巷10號
電話	(02) 3234-5871
郵撥帳戶	八方出版股份有限公司
郵撥帳號	19809050